겨울 숲에 들다

황금알 시인선 82

겨울 숲에 들다

초판인쇄일 | 2014년 3월 3일
초판발행일 | 2014년 3월 17일

지은이 | 이경아
펴낸곳 | 도서출판 황금알
펴낸이 | 金永馥
선정위원 | 마종기 · 유안진 · 이수익 · 문인수 · 김영승
주 간 | 김영탁
편집실장 | 조경숙
표지디자인 | 칼라박스
주 소 | 110-510 서울시 종로구 동숭동 201-14 청기와빌라2차 104호
물류센타(직송 · 반품) | 100-272 서울시 중구 필동2가 124-6 1F
전 화 | 02)2275-9171
팩 스 | 02)2275-9172
이메일 | tibet21@hanmail.net
홈페이지 | http://goldegg21.com
출판등록 | 2003년 03월 26일(제300-2003-230호)

©2014 이경아 & Gold Egg Publishing Company Printed in Korea

*값은 뒤표지에 있습니다.

ISBN 978-89-97318-65-0-03810

겨울 숲에 들다

이경아 시집

황금알

겨울 산에 들었다

자랑도 욕망도 아쉬움도
더듬이 속에 가두고
허물을 벗었다

나를 내려놓으니 꽃이 되었다
서리꽃
얼음꽃
눈꽃
아픔 가운데 눈부시게 빛났다

2014년 1월
이경아

차 례

1부 나의 길을 묻는다

나의 길을 묻는다 · 12
산 · 13
겨울 숲에 들다 · 14
설도화 · 15
마른 눈물 · 16
진분홍 꽃 진 자리 · 18
겨울 하늘 · 19
봄으로 가는 길 · 20
산사에서 오후 한때 · 21
기다림 · 22
꽃 몸살 · 23
둥지 · 24
봄 · 25
또 하나의 방법 · 26

2부 늙은 배롱나무

늙은 배롱나무 · 28

폭염 · 29

소낙비 · 30

강물만 흐르는 게 아니다 · 31

호우경보 · 32

거슬러 가다가 · 34

여유 · 35

꿈의 도시 · 36

염전에서 · 37

하늘은 아직도 푸르기만 한데 · 38

있는 그대로 · 39

지구는 지금 · 40

그 겨울 이야기 · 41

문패 · 42

3부 가을 햇볕 쨍쨍한 날

가을 햇볕 쨍쨍한 날 · 44

하늘 닮은 사람들 · 46

해후 · 47

방울토마토 · 48

어쩜 좋으냐 · 49

고추잠자리 · 50

삶의 그늘 · 51

착각 · 52

간절한 누구에겐가 · 53

잠이 오지 않는 밤이면 · 54

가을 낙엽 · 55

허수아비 · 56

별을 꿈꾸다 · 57

무엇을 채워가며 어떻게 살아 · 58

4부 살아야할 이유가 있듯이

출항 · 60

풍어가 · 61

바다의 노래 · 62

진도에서 · 63

연화도에서 · 64

황산에서 · 66

욕심 · 68

접촉 · 69

살아야 할 이유가 있듯이 · 70

씨 간장독 · 71

이름값 · 72

실향 · 73

달항아리 · 75

마무리 · 76

5부 슬픈 무늬

내가 나를 사랑하나 · 78
언제부터 내 것이었다고 · 79
아픈 몸짓 · 80
문병 · 81
꿈만 같다 · 82
몸피를 벗다 · 83
못 견디게 아파서 · 84
해안 · 85
슬픈 무늬 1 · 86
슬픈 무늬 2 · 87
슬픈 무늬 3 · 88
슬픈 무늬 4 · 89
슬픈 무늬 5 · 91

■ 해설 | 호병탁
상처의 아픔을 극복하는 아름다운 몸짓 · 92

1부

나의 길을 묻는다

나의 길을 묻는다

마음이 고파 허리 휘어질 때
가을비처럼 내 삶은 온통 젖어
빈 몸으로 흘러내리고
엎드려 쓸고 온 뒤틀린 세상
언 몸 껴안아줄 이 어디에도 없다
나도 누구에겐가 따뜻함으로 감싸줄 수 있었던가
흰 눈처럼 티 하나라도 덮어줄 수 있었던가
먼 길 돌아 여기까지 바람에 휩쓸려
하늘도 땅도 한통속이 되어
희뿌옇게 흐린 날
눈뜨고 찾아봐도 찾을 수 없다
기억으로 가는 길도
추억을 만들어 가는 길도
도무지 희미하여 알 수 없을 때
한 번쯤은 조용히 눈을 감고 찾는다
등대처럼 불을 밝혀 어둠을 감싸기까지

산

날마다 강으로 내려와 몸을 씻는 산
머리부터 발목까지 물에 잠겨서
종일 말없이 하늘만 바라보다
비바람이 옆구리를 휘몰아치는 날이면
찔끔 감은 눈이 저리 흔들리고
미친 듯이 머리채 휘어 잡혀도
속 뒤집어볼 것도 없이
온몸을 내밀어 가부좌를 틀고 앉아
한 뼘 자란 턱수염을 쓰다듬어가며
삭히는 것을 보니
내일은 또 다른 길을 낼 것 같다

겨울 숲에 들다

내소사 허리춤을 잡고 청련암 오르는 길
헐거워진 외투 자락 펄럭이는 바람 사이로
천만 개의 문을 닫는 겨울 숲에 들다
몇 가닥 남은 빛이 틈새를 여미는 중
발목을 덮고 누운 낙엽들이
물소리에 언뜻 잠이 들고
이따금 뿌리째 젖은 발이 시린지
돌아눕는 소리 들린다
따뜻한 꿈을 펼쳤던 삶이 휘청거려
새 한 마리 빈 가지를 흔드는 겨울 숲에 들다
숲은 온몸을 흔들어 깨어 있고 싶어
따끔거리는 살갗에 꽃눈을 여미고 있다

설도화

누구나 아픔이 있겠지
참고 견디는 오랜 고통의 시간
그늘진 가슴에 황량한 산하나 앉히고
들어앉아 숨죽이다가
목구멍까지 차올라 숨통 막히는 울음
천지에 그런 울음 맨몸으로
피맺히게 쓰다듬으면서
얼어 터진 분을 붙들고 가까스로 지탱하다
눈바람 살얼음 속 길에서
스스로 풀어낸 화해의 응어리
점점이 이른 봄 내음 코끝을 스칠 때
아려오는 마음을 펼쳐
연보라빛 꽃이 되는 이유를

마른 눈물

너를 잃는 슬픔이 아니다
잃어서 슬픈 것보다
슬픔을 슬픔으로 느낄 수 없는 것이
더욱 슬프다

세월이 눌어붙어
비틀어진 어둠의 그림자 짙어져 가고
어둠을 어둡다 느낄 수 없는 두려움
두려움을 두렵다고 느끼지 못하는
그 외로움이 얼마나 안쓰러운가

하나씩하나씩 온 힘을 다하여 쌓았던 탑이
한순간에 무너지는 것처럼
나는 힘을 다하여 달릴 뿐이다

메마른 대지에 남겨진 것이 무엇인가
구들을 덥힐 사랑 한 조각도 못 견딜 몸부림

속속들이 헤집는 칼바람으로 휘몰아치다가

부드러운 강물의 노래가 멎고
폭포가 빙벽이 되어 함성을 삼키고
벙어리처럼 웅얼웅얼 빛을 반이나 삼켜도
봄을 퍼 올리는 길 찾을 수 없다

무서워라
얼마나 더 미치게 휘둘러야 하는가

진분홍 꽃 진 자리

달그림자에 숨어
화장지를 뽑아든 우아한 손짓으로
정성 들인 화장을 지운다

쓸쓸한 바람
황량하게 불어오는 벌판에서도

내게로 오는 길이 꽃길이었다고
향기에 젖어 속삭이다
거짓말처럼 내 사랑이 진다

오래도록 머물지 못할 사랑

겨울 하늘

겨울 하늘은 언제나 무릎걸음으로 엎드려
헐벗은 산하를 감싸 안고 있다

죽은 목숨을 붙들어
온몸으로 꼼지락 꼼지락 생명을 나누고
속껍질 파고드는 울음도 달래고
미처 여물지 못한 것들을 보듬어
그윽한 환생을 넘볼 수 있게
하늘 빗장을 열고

별 볼 일 없는 무채색 풍경을
새하얗게 지워가면서
춤추는 바람 주머니에
발자국 찍어나갈
꿈 하나씩 소복이 심어주고 있다

봄으로 가는 길

천 리 밖의 마음
간신히 붙들어 앉히고
서슬 푸른 서릿발 환하게
바람 잘 날 없는 흉흉한 세상 녹여
꽉 깨문 입술마다
향기로운 꽃망울 열다

산사에서 오후 한때

꼿꼿한 눈빛 세워
조용한 법당 안을 기웃거리던 햇살
실눈을 지긋이 뜨고
오수에 잠긴 부처님 손바닥 안에서
빌어 쌓인 복 한 자루
잽싸게 꿰차고 나오다가
가지런히 벗어놓은 주지 스님
흰 고무신 그물코에 걸렸네
보석처럼 쏟아진 빛 속으로
솔바람 끌어안고 나른한 잠에 빠진 풍경
억겁을 스치는 인연에 놀라
눈부시게 돌아서는 발걸음 붙들고
목을 길게 늘여 옷자락을 흔든다

기다림

나, 헛꿈 꾸고나 있지 않은지
당신 앞에서만은 꽃이고 싶네요
지천으로 피어있어도
나인 줄 알아채는 꽃
당신은 내게 키를 낮추고
눈을 맞추어 다정하게 웃겠지요
삶의 고삐를 다잡고 하루를 살아도
꽃 진 후 다시 꽃이 되기까지
무지갯빛 불을 켜
수줍게 기다릴 수 있다면
향기로운 꽃으로
마냥 피어있고 싶네요

꽃 몸살

죽을 것 같은 질긴 목숨들이 살아나
모든 기억을 찾아 나섰다
희망에 시린 손가락을 걸고
슬픈 것은 슬픔 끝에
아픈 것은 아픔 끝에
갈퀴 같은 무딘 손가락 끝 여기저기
밑동 늙은 등걸에도 스멀스멀 간지럼 탄다
너도나도 이 순간만은
한가득 간지러운 꽃 몸살이다
언 가슴속 어디에선가
망울망울 터져 나오는 불꽃이다

둥지

월명산 봉긋한 가슴 언저리
바람의 뼈대로 세운 실가지 끝에
비스듬히 얹혀있다
알맹이 빠져나간 껍질들끼리
남은 온기를 비벼가며
밤마다 땅으로 내려앉은
어둠을 지키는 별들 안고
비듬처럼 어깨 위로 떨어진 몇 낱
꿈을 풀어내는 12월의 날들이
솔 향 섞인 눈발에 흩어져간다
고개를 넘지 못한 닫힌 창문 앞에서
갈길 몰라 두드리던
숲의 거친 발걸음 소리
눈에 익은 봄을 기다리는
싸한 매운 시간 속으로
가볍지 않은 몸만큼이나
피곤한 잠을 뉘어
모퉁이 길을 털어내곤 한다

봄

외투 깃을 깊숙이 추켜세운 채
움츠리고 달아나는
바람의 지친 자국마다
얼었던 가슴 미어지게 콕콕 쑤셔온다

밤마다 살결 헤집는 귓속말
소리 소문도 없이 퍼져가는 등줄기로
흰 모자를 눌러쓴 산이
물속 거울을 거꾸로 들여다보며
실눈 그윽이 뜨는 빛 그물을 던진다

색색으로 끝내 피어나는 꽃잎꽃잎
꽃비로 흩어져
마음 홀리는 한 떼의 바람 누운 자리마다
점점이 산하로 쏟아져 내리는 푸른 입맞춤

또 하나의 방법

하는 짓이 같으면 생각도 같아질까
절대로 닮지 않겠노라고
다짐하고 또 다짐했지만
뒤틀리는 허리 붙들고
산통을 이겨내는 것까지 닮았다 했지
헛발 딛고 휘청거리는 줄다리기처럼
팽팽하게 쏠리는 어머니라는 길
어머니는 그렇게 살아가는 것이라고
내 딸의 딸의 딸에게도
세찬 비바람 속 세상 흔들림 없이
몸에서 몸으로 익혀지는 시작은
언제나 끝과 끝의 만남이라서
하는 짓이 같으면 생각도 같아지는 거라고
철이 들어 알아채는 느슨한 시간 속으로
마음 그려지는 내 몸의 나이테
그것이 사랑이라는 또 하나의 방법이라고

2부

늙은 배롱나무

늙은 배롱나무

가슴 쥐어뜯는 그리움이 기도하듯
늙은 배롱나무 가지에 꽃불을 켭니다

그리움은 기다리는 것이 아니라
다가가는 것이라고
세상 굽이굽이 돌아온 바람은
마냥 어깨를 흔들고

서성이는 발자국 어지럽게
한 점 한 점 풀어 던진 그 끝엔
몇 번이고 무너지고 마는
기약할 수 없는 길들이 묻힌다

타다 남은 불꽃 더미 속으로
너무 선명해서 어루만질 때마다
금방 베인 생채기처럼 핏물이 번지고
그 어디쯤 멈출 길 없어
한없이 타오르기만 할까요?

폭염

무엇이 그리 못마땅한지
태양은 연일
틈새마다 예리한 각을 세우고
사납게 불을 지피고 있다
불 먹은 온 땅이 쩍쩍 갈라져
숨 막히게 목이 탄다
밤은 밤대로 낮은 낮대로
불덩이를 이고지고 놓지 못해
타들어 가고 있다
늘어질 대로 늘어져 비틀거리고 있다
새끼손가락 하나 움직일 힘도 없으면서
12월의 눈 맞는 헛꿈을 꾸고 있다

소낙비

산하에 뿌려진 무덤이 열리는 날은
바람이 비를 몰고 온다

하늘은 먹구름을 넓게 깔고
굵은 빗줄기 주렴마다
땅속 깊이 팽팽하게 꽂아
일어설 수 없는 영혼들 타고 오라고
하늘은 짐짓 눈을 감고 있다

세찬 바람을 몰고 구천을 헤매는 어디쯤
천둥번개 무섭게 내려칠 때에도
착하디착한 가엾은 영혼들
다시 태어날 세상 그려보면서
수정 동아줄을 굳게 잡고 오르고 있겠지

그럴 때마다 땅은 마냥 깊게 휘청거린다

강물만 흐르는 게 아니다

생각도 흐르고
마음도 흐르다 우리는 만나겠지
거미줄처럼 서로 얽어놓은 길 따라가면서
아무것도 변한 것이 없노라고
변하지 않았다고 매번 확인하고
또 확인하면서
안도의 한숨을 내쉬며 위로를 하겠지
줄을 긋듯이 우리의 행로는 일정하고
그날이 그날인 것처럼
시간의 같은 눈금을 들여다보지만
어느 순간 흘러왔다는 것을 알아챌 때쯤
강물만 흐르는 것이 아니라
모두가 흘러간다는 것을
삶도 죽음도 함께 얽혀 흘러야 한다는 것을

호우경보

후덥지근한 바람을 숨긴 구름이
종일 비의 냄새를 풍기고 있다

낮게 나는 새들이 시든 햇살을 물고 급히 떠나자
투둑 투두둑 쏴아 질퍽하게 비 쏟아지고
무엇이 그리 급박한지 천둥 번개를 휘두르면서
귀청 떨어지게 먹먹한 하늘 언어 온몸에 새기다

하늘도 땅도 한통속으로 무너지려나?
이리저리 쓸리고 무너지고 터지고 잠기고
몇 날 며칠 삶과 죽음이 함께 얽혀 소용돌이치다

이러다간 죄 되는 줄 모르고 죽지
죽고 말겠지
물에 잠겨 쓸려나간
부서진 흙더미 속에서
넋 나간 식구들 온몸으로 물을 막고
죽기 아니면 까무러치기로 버티다가
목숨이라도 건져서 다행이다

살아있어 천행이다

천지가 흙탕물 뒤집어쓰고
이골나게 악다구니 쳐도
다시 살아날 것들
천지의 아우성에 목이 타들어 가도
짓무른 하늘 비켜 눈물로 마주 섰다

거슬러 가다가

지나온 시간 얼마쯤은
깊은 달 얼굴
말갛게 씻겨 놓고
뒤적거리며 속속들이 들여다보고 있다
손바닥 손금을 바라보듯
수없이 나 있는 잔금을 따라
거슬러 가다 보면
상 할머니 밥상머리에서 반찬 얹어 주시던 할아버지
도란도란 말씀 나누던 모습
방학해서 내려온 삼촌들과 고모들
싱싱한 꽃잎 같은 향기 물씬거리던 웃음소리
향나무에 걸터앉아 재잘거리던 새 떼
가야 할 곳을 알았을까
모두 다 떠나가고
이만치 멀리 와서
접힌 서랍 속을 들추어가듯
켜켜이 쌓인 달무리 더듬고 있다

여유

길 아닌 길을 헤쳐 갈 때마다 손 흔들어
설중매 한그루 피워 올릴까

낭떠러지에 다다른 듯
후들거리는 몸을 가눌 수 있게
허리 굽혀 바른 좌표를 그려가는 발밑
꼼지락거리는 발가락의 감촉에
조심스러운 바람 울렁거린다

긴 겨울 속에서도 삶 포기하지 않는
어둠에 스며들어 눈이 되는 아침
기지개 켜는 게으른 해를 안고
피멍울 맺힌 매화 송이 열어보고 싶다

꿈의 도시

아파하는 흙의 숨통을 막고
하늘로 높이 솟은 미끈한 도시의 빌딩 숲
해를 가리고 서서 현란한 꿈의 불을 밝혔다
번쩍이는 깃털 장식으로 눈을 가리고
불빛에 홀린 사람들은 이미 하늘을 잊었다
진짜보다 더 진짜 같은 치장을 곱게 하고
낮인지 밤인지 모르게 꿈을 베풀다
흙먼지조차 떠돌지 못하게
비틀거리는 영혼들 즐비하게 나뒹굴고
손에 쥔 것도 없으면서
쥐었다고 착각하면서
맨들맨들한 거리를 온몸으로 쓸어갔다
어둠으로 말라버린 자궁 밑바닥에선
더는 아이들이 자라지 않고
어머니를 잃어버리고
아버지를 잃어버리고
혼으로만 떠돌던 태어날 아이들이
저마다 흐려진 거울을 닦아가며
꿈의 어두운 성을 쌓아가고 있다

염전에서

어디 그토록 싱거운 일이 많은지
저 바다 깊은 뼛속을 훑어오던 바람은
거침없이 짜디짜다
수많은 은빛 고기떼들
비릿한 수초 길을 내달려
앙갚음이나 하듯 절인 바다를
햇살에 널고 있다
세상 싱거운 곳에 간간한 간을 맞추라고
첩첩이 이어지는 삶의 고랑
흰 깃발로 흔들어
구석구석 투명하게
시간의 주름살을 긋고 있다

하늘은 아직도 푸르기만 한데

지금도 시를 쓰냐?
돈도 되지 않는 시만 시시하게 쓰고 있다니
요즘 같은 세상에 나 원 참
쓰잘데기없는 것에
돈 버리고 시간 버리고 건강까지 버릴라
얼마나 산다고 재미없게 사느냐?
꿈 그만 꾸고 나와라 얼굴 좀 보자
전화기 너머로 혀를 끌끌 차는 소리 들린다

밤이고 낮이고 웅크리고 앉아
피와 살 뜯은 가슴으로 키워내
세상에 내어 놓는 일 그리 흔치 않아
세상이 몰라주어도 마냥 대견한 자식들
누군가가 어디에서 눈을 마주하고
따뜻한 가슴으로 품어줄 것 같아
연둣빛 깃발을 매달아 두고 싶은데
세상의 빛들은 모두 돈으로만 쏠리고
허름한 골방에 엎드려 무엇을 줍고 있나?
내가 바라보는 하늘은 아직도 푸르기만 한데

있는 그대로

원수의 원수는 친구라지만
나는 아직 그런 친구 없다
원수를 짓고
철천지원수라고 돌아서지도 못했다
쓸데없이 어울려 휩쓸리지도 않았고
어느 것이 이익인지 저울질하지도 않았다
있으면 있는 대로 없으면 없는 대로
마냥 있는 그대로
더분더분 그대로가 좋았다
철천지원수 만들 일 없이 살아
천만다행이라서
밤이면 편안히 다리 뻗고 눕는다

지구는 지금

대지가 몸을 한 번 크게 비틀어 신음할 때마다
바다는 허리를 폈다 눕기를 여러 번

잦은 고통이 점점 수위를 높이고
잠을 깬 분화구들마저 뒤척이다
큰 입을 쩍쩍 벌려 내장에 쌓인
불을 토하기 시작했다

진노한 바다가 꼿꼿이 섰다
뒤집힌 진흙탕 물은 도시를 덮치고
역사로 흘러야 할
모든 문명이 순식간에 물살에 잠겼다

검게 부서져 쓸린 치부가 낱낱이 드러났다
밀렸다 당겼다 느닷없이 부딪혀 솟구치면
처절하게 지구의 중력이 흔들렸다
언제 다시 터질지 모를 상처 또 깊어졌다

그 겨울 이야기

술을 채워 붓고
갈지자로 닿은 집
찌그러진 쪽문을 열고 들어가
어둠과 함께 눕더니
채워진 술이 출렁출렁 파도를 탄다
밤새 울렁거리는 늪 속에서
허우적대다 빠져든 몸뚱어리
해가 돋아도 빠져나오지 못했다
그는 술을 마시고 술은 그를 삼켰다
한 뼘의 해 그림자가 창문을 기웃거려도
그를 삼킨 술은 꽁꽁 얼어
다시는 풀리지 않았다
그 겨울 한파는 유난히 길다고
연일 TV는 혼자서 중얼거렸다

문패

홀로 눈을 뜰 수 없어
지하에 잠이든지 오랜
그가 살았던 집의 문패는 그대로다
살아있을 때처럼 평온하게 낯익은 것들
그가 이미 떠나 없어도
대리석에 박혀있는 이름 지워지지 않고
끄떡없이 버티고 있다
징검돌을 위험스레 밟고 지난 발자국 지워졌어도
그가 돌아오리라 기다리는 이 있어서일까
이끼 낀 정수리로 여백을 만들어가는 동양화처럼
삶의 바구니에 담겨있는 그의 이름
바람 한 자락도 새롭게
눈이 올 것 같은 겨울 하늘 아래
거미줄에 걸린 끈끈한 흔적 더듬어
그의 삶이 또 한 번 풍화를 도모한다

3부

가을 햇볕 짱짱한 날

가을 햇볕 짱짱한 날

창호지에 비켜 앉은 달을 걸어두고
꽃잎과 함께 새겨두었던 세월이
두꺼운 먼지를 털어내며
마음속에 들어앉았다
선선한 가을 햇볕 짱짱한 날이면
정갈한 물 한 모금 문에 뿌리고
누렇게 찌든 옷을 벗겨 내고 닦아
정성으로 창호지를 입혔다
손바닥만 한 유리로 바라보는 풍경 오려 붙이고
꽃과 잎을 얹어 꿈도 심었다
넓고 너른 천지에서 막아내지 못할 찬바람
달래고 재울 문풍지도 발라
한겨울 긴긴 밤
찬바람이 떨어대는 노래를 들으며
잠이 들곤 했다
세상에선 영원한 것이 없다 하고
꽃 시절을 읽지 못한 세상일들이
갈수록 수상하게 바뀌어도
뼛속 깊이 사무쳐 살아나는 천 년 세월

그 훈훈하고 정겹게 살아 스민 삶
잊을 수 없어
은은하게 번져오는 환한 빛을 모아 앉혔다

하늘 닮은 사람들

전라도 푸른 논과 밭은
하늘땅이 맞닿아 있다
낮이면 사람이 농사를 짓고
밤이면 밤마다
하늘 노래를 들으며 산다
순한 눈망울로 순한 것만 보고 살아서
매운 세상맛을 맵다고 하지 않는다
그러려니 하고
큰소리 한 번 내지르지 않고
내 것이라고 내 앞에 좋은 것 놓지 못해
좋은 것 다 내주고 무녀리만 갖고도 잘 산다
욕심낼 줄 몰라서가 아니라
욕심내면 안 된다는 것을 천성으로 안다
하늘 마음 땅 마음이 같아
정수리에서 발끝까지 촉촉하게 정을 적시며 산다

해후

무르익은 가을 깊은 곳에 가 닿았습니다
둥둥 떠내려가다
산의 뿌리 어디쯤 내려서고 싶은데

죽음의 문턱을 몇 번씩 넘나들면서도
어떻게 살아왔는가보다
어떤 길이 옳은가를 생각하게 되는지
선뜻 내려설 엄두를 내지 못한 채 흘러갑니다

오다가다 스치는 것이 인연이라면
만나고 헤어지는
그 어떤 것도 필연이라고
놓아 보내는 뒷모습 쓸쓸해도
언젠가 다른 모습으로 마주할 수 있겠지

몇 겁이 흐르다 멈춘다 해도
스치는 순간 가슴 두근거리며
서로가 뜨겁게 부여잡을 수 있는
사랑 샘솟을 수 있기를…

방울토마토

방울토마토 나무 허리 괴어 세우고
노란꽃 무더기로 피어났다
십이 층 아파트 높이까지 날아온 벌들이
입 맞추며 숨바꼭질할 때
여기까지 어찌 알고
은근슬쩍 배회하다 날아가던 무당벌레
이쯤 사랑이 무르익어서
조금씩 살이 돋는 푸르른 방울들
한 뼘 흙의 공중누각을 짓고
날마다 새롭게 온몸 붉힌다

어찜 좋으냐

떠난다고 잊는 것은 아니지만
몸이 멀어지면 마음도 멀어질라

마음이 멀어진다 해서
아주 잊히는 것은 천만 아니지만

야금야금 운명이라 얽어놓고
생각이 더디 날까

온몸으로 불어넣는 햇살 사무치게
외롭지 않은 순간들을 붙들고 있어도

몸이 멀어지면 마음도 멀어질라
오랫동안 지울 수 없을 설움 덩어리

고추잠자리

허공을 사선으로 나는 고추잠자리
검붉은 그늘에서 물안개 인다

가냘프게 찢어지는 빛이 순간
파닥이다 쏟아져 내리고

나른한 강물 위로 떨어지는
빛 무지개 사이로
부드럽게 안아 내리던 풍경화 한 폭
빈 허공에 걸렸다

삶의 그늘

고추 몇 모 사다가
화분에 옮겨 심고 베란다 끝에 놓았다
몸살에 버틴 풀물 든 그늘에서
싱싱한 세월이 꽃으로 돋아난다.
하루가 다르게 성장을 하고
식구를 거느리는데
아예 창문을 열어젖히고
바람의 길을 터
궁금한 안부를 묻는 은밀한 눈빛
간지럼을 타고 놀던 등 곧추세운 고추
반질반질 윤기 흐른다

착각

본시 묶인 건 아무것도 없었네
묶였다고 생각할 뿐
누구에겐가
서로 매여 있고 싶은 마음 꿰뚫어본 게지

간절한 누구에겐가

먼 산 부추겨 입에 물고 나는 나비
나풀나풀 아지랑이 속
깊은 기다림을 건너서 오네

연노랑 너울거림이 점점이 찍혀
그리움을 그립게 풍경처럼 두르고
가냘픈 어깨에 얹혀오는 봄
아른아른 솜털 뽀얀 연지 볼이 파랗네

살얼음 쩍 갈라진 가슴 켜켜이
누구를 향한 간절한 꽃물들일까
철렁 빠져드는 이 시린 출렁임

잠이 오지 않는 밤이면

어둠 자락을 살며시 들추고
가끔은 창가에 머물다 가던 달빛이
내 옆에 따라 눕는다
깍지 끼고 엉킨 실타래처럼
굽이쳐온 까마득한 날들이
너도나도 고개를 내밀 때
서운하고 서운하게 했던 일들이 얼마나 많은가
바윗덩이처럼 무겁기만 했던 좁다란 길
끝이라고 생각할 때마다
다시 이어지는 뜨거운 초침소리
한 번쯤 온몸의 굳은 때를 벗기듯이
마음 다잡고 새 길을 가야 할 때가 있지
흐르는 달빛 그네를 타고 오르듯
마음 가볍게 이룰 수 있는
꿈길이라면 마냥 좋겠다

가을 낙엽

미루나무 꼭대기에 얹힌 까치 집
까치 식구 어디 가고 바람이 세 들었다
낙엽을 털어내 쓸려나간 휑한 세상

밤낮 허전해서 못 살겠다고
바람 가득 문 검정비닐 봉지를
하릴없이 갈가리 찢어대고 있다

숨죽이며 울던 울음 간간이 새어나오고
점점 커지는 울음소리
어둠 속에 엎드렸다

슬픔들이 서럽게 모여 흙에 눕느라
바람, 분주하다

허수아비

내 삶의 중심에 너 있다
때로는 희망에 들뜨게 하고
때로는 절망에 까무러치게 하고
무슨 속셈으로
나를 관통하는 빛과 암흑의 빈번한 스침이
가버린 날들을 위해
불꽃으로 튀는지
풍요와 빈곤의 틈새를 비집고
언제 어디로 옮겨붙을지 몰라 허둥대다가
서리 덮힌 들판에 홀로 남은 입김 한 조각
숭숭 바람구멍 피리 소리다

별을 꿈꾸다

어두워질 때마다 하늘의 별들이
지상으로 무리 지어 내려왔다
줄을 서서 길을 내기도 하고
화사하게 웃음 짓는 꽃 무더기로 감싸기도 하면서

돌아오는 길 비추어
캄캄하게 헤매지 말고
잘 찾아오라고 등 토닥이며
자꾸 키를 높인다

젖몸살을 감싸 안고 눈 감지 못한 어머니
뜬눈으로 기다리는 새벽마다
산동네 마지막 계단 꿈을 살피는 집

오지랖 펼쳐 어둠을 지키는
끝나지 못한 사랑아
안갯속에서도
마음속에 남은 갈 길 아직 더듬고 서 있다

무엇을 채워가며 어떻게 살아

아무것도 보이지 않을
칠흑 같은 어둠 속일지라도
강물로 그저 흐르게 두고
휘휘 저으면 떠오르는 빛의 알갱이
알갱이들만 걸러 모아
춤추는 들판 가득
드넓은 초록빛을 살리고
누가 봐도 고개 끄덕이며 기뻐할
한 아름의 그 무엇으로 남겨
빛으로 여물어갈 것들
알토란같이 이쁜
쉬지 않을 삶이었으면 좋겠네

4부

살아야할 이유가 있듯이

출항

그리워했던 것보다
더 많은 사랑을 담고 싶은
꿈을 가득 퍼 올렸다
길이 아니어도 길을 내는 물길을 열어
달빛을 밟고 오는 그대 앞에서
은빛 낚싯줄 길게 드리운 성좌를 지나
삶의 고삐를 단단히 틀어쥐고
양파 같은 외로움 한 겹씩 벗겨갈
굳은 용기를 폿대에 걸고
아무것도 보이지 않고 들리지 않아도
심금을 울리는 그대의 노래
온몸으로 휘감고
폭풍 속 뚫고 힘들 때 잡았던 손
끝내 놓지 않기를 희망하면서
태양 빛 가득 실은 아침 바다로
내내 돌아오고 싶었다

풍어가

흰 이를 드러내는 밤바다를 향해
힘찬 노를 저었다
물길 휘젓는 거친 바람이 앞을 가로막지만
두 눈 부릅뜨고 이겨내야 한다
기우뚱거리는 뱃머리에 중심으로 서서
안갯속 깊은 꿈을 퍼 올려야 한다
펄럭이는 어둠의 자락 들쳐가며
내일의 신화가 될 은빛 희망이
그물 가득 끌려올 때
짜릿한 손맛을 기대하는
굵은 팔에 푸른 힘줄이 돋는다
눈물 엉킨 노래마다
마침내, 깃발이 되는 아침 해
포구로 향한 뱃머리가 묵직하다

바다의 노래

저 심연으로부터 터져 나오는
고난의 길
물 주름이 팽팽한 시위를 당긴다

먼 태고의 혼돈을 빠져나오는
기억의 물 보자기 한 귀퉁이를 열 때마다

전 생애가 물보라를 일으켜
피워 올리는
젊은 심장이 비상하는 꿈이다

진도에서

자꾸 곁을 내어주며
다가오라 손짓하던 그대
섬 섬마다 깍지를 끼고
수많은 적들과 싸운 흔적 보듬고 흐르네
짙은 안갯속 헤치며 더듬어간 길
역사가 살아서 들려주는 슬픈 노래
어디선들 눈물 마른 곳 있었을까
흩날리는 마음들 서럽게
유장하게 새긴 한 줄의 시
곳곳마다 뿌리 깊은 억겁의 시름 닦여
오늘 내 속눈썹에 반달로 들어앉았네.

연화도에서

햇살 잘게 부서져 내리는 오후
충무에서 연화도 가는 배에 올랐다

바람은 파도의 머리채를 움켜쥐고
패대기치듯 자꾸만 뒤흔들었다
새파랗게 자지러지는
물의 등뼈를 타고 넘는 어지러운 포말이
가슴을 헤집고 바늘을 쑤셔 넣듯 아팠다

부르는 이 없어도
윤기 자르르 흐르는 동백잎을 만지작거리며
가느다랗게 구부러진 길 따라
연화봉 오르는 길

경을 읽고 있는 낯선 새 한 마리뿐
적막한 연화사 경내에 산그늘이 덮이고 있다
언젠가 그려낸 인연의 그림자 깊어
득도의 고행을 연꽃으로 피워 올렸을
자운선사의 이야기소리 아른아른 피어오르는 절벽 끝

까마득한 허공을 향해
나뭇가지에 걸려있는 쪽빛 바다를 붙들고
바람에 펄럭이는 연화도는
눈을 반쯤 뜬 채 묵언수행 중이다

황산에서

실로 오랜만에 벼르고 별렀던 욕심이었다

녹이 슨 삭신으로는
어림없는 줄 알면서도
더 늦어지기 전에 한껏 안겨

내 안의 닫혀있는 문을 활짝 열어젖히고
더듬이처럼 모든 촉수를 세워
풋풋한 향기에 잠기고 싶었다

그대는 구름자락을 길게 끌어당겨
발뒤꿈치까지 치렁치렁한 옷자락을 늘어뜨리고
좀처럼 얼굴을 보여주지 않았다

뿌연 눈 비비는 바람 손에 이끌려
지팡이에 의지하고 힘겹게 오르는 동안
잎새마다 머금은 물방울이 내 옷을 적신다

황망하게 달리기만 했던 젊은 날들이

숨 가쁜 재채기를 하고
돌이켜 다시 시작할 수 있다면
어디쯤에서 우리는 다시 만나게 될까

잠시 얼굴을 마주하다 내려오는 길
내 눈 안에 뒷걸음치는 그대 갇혀있어
오도 가도 못 하겠다

욕심

차고 넘쳐 더 이상은 숨길 곳이 없다
몸속 어딘가에 숨어있던 것들이
슬슬 눈치 보며 발을 뻗는다

돌덩이처럼 단단하고 끈질기게
갈퀴 같은 촉수 더듬어가며 자꾸 커진다

악착같이 달라붙는 너를 떼어놓고
나 살 수 있겠느냐
구석구석 채웠던 것을
움켜쥐는 버릇 이제는 내려놓고
여백의 아름다움 꿈꾸는 죄

채우기 위해 달려왔던 길
다시 돌아가기 위해
나를 걸고 타협 중이다

접촉

그럴 수 있지
충분히 그럴 수 있어
그놈의 것이 눈 깜짝할 새에 벌어지는 일이라
쾅 부딪치고 나서야 아차 하는 거지
서로 상처를 더듬어 가면서
낯붉히는 일 다반사일 거고
너무 어처구니없어 억울함을 깨무는 쓴맛
돌아서기엔 뒤통수 미안한 그 기분
당해본 사람 아니면 몰라
햇살 촘촘히 박힌 길에 미끄러져 구겨진 목숨
어디 한둘이어야 말이지
어쩔 수 없이 우리들의 아픈 인연은 여기까지
지워버릴 수 없다면
서로 그러려니 하고 견뎌내야 하지

살아야 할 이유가 있듯이

잡풀은 뽑아내고 뽑아내도
뒤돌아보면 다시 어울려 고개를 내민다
언제 뽑아냈냐 싶게 지천으로 널렸다
뽑아내고 뽑아내도
아무렇지도 않게 하늘거리는 잡초
시멘트벽 틈에서도
보도블록 사이에서도
물불 가리지 않고 질기게 살아나는 이유
어느 것 한 가지도
공으로 살다가지 않을 이유가 있다고
스쳐 지나는 옷깃에도 다 이유가 있는 것이라고
살면서 깨달아가는 것이 움켜쥔 삶이 아니냐고
언제 어디서나 뽑혀가도
젖은 눈빛으로 옹골지게 살아내는 끈질긴 이유를
밟아 뭉개버린 발바닥 밑에서
꿈틀꿈틀 눈 부비며 살아내고 있다

씨 간장독

바람 스치다 이파리 하나 떨어내듯
사람 하나 들고 나는 것이
무에 그리 대단할까마는
묵은 장독대 뒷줄 한가운데
백 년 넘게 떡 버티고
신줏단지처럼 모셔놓은 씨 간장 독
할머니의 할머니에게서 어머니에게 전수되어
매년 정월 말 날 정성 들인
햇간장의 맛을 들게 하여주는
나도 그런 어른의 맛깔스러운
세상에 감칠맛 내는 이름으로
귀히 살아갈 수 있을까
하늘 밑바닥이 검게 우러날 때까지
하늘만 담고 살 수 있을까

이름값

어느 날 하늘에서 내 이름값을 단다면
얼마나 나갈까
무겁다고 좋은 것도 아닐 거고
가볍다고 다 나쁜 것만은 아닐 것이지만
보석처럼 빛이 나는
투명한 무게였으면 좋겠다
내 이름에 책임을 지고
깃털처럼 날리는 사랑보다
조금은 진중한 정이 있어
누구나 알아보고 들여다볼 수 있는
이름값이었으면 좋겠다
고통의 순간도 행복한 삶이었노라고
말할 수 있고
깊어지는 고통이
삶의 이유가 되어서는 안 되겠지만
어떻게 살아왔는지를 알아주는
이름값이었으면 참 좋겠다

실향

아버지는 조막만 한 내 손을 잡고
낯선 길을 향하여
남으로 남으로 긴 발자국을 남겼다

손톱만큼의 꿈이 가뭇없이 대롱거리다
사라지길 몇십 번 세월은 흘러
수없이 서성이면서도
끝내 돌아설 수 없는 길

철조망의 날카로운 경계에 세워진
두껍게 녹슨 문을 영원히 열 수는 없는지
벽이 되어 쌓여가는 펄 속에서
시퍼렇게 멍이 든 낡은 모래톱을 긁고 있다

발을 동동거리며
병풍처럼 찬바람을 등에 진 동구 밖에서
해가 지면 어둠이 스며들듯
뼛속에 새긴 희미한 옛집을 두드리고

낯익은 풍경 속 젖은 그리움에 매달려
아무리 찾아도 안 계시는 어머니
흐느끼다 눈을 뜨는 아침이면
어디론가 먼 길 돌아 나온 듯
짓물러진 흉터 아련하게 소금 절은 가슴이다

달항아리

어둠 속에 오롯이 앉아
온갖 시름 잊은 듯이
맑은 눈을 떠
불덩이였던 심장을 꿰뚫어보고 있다
어둠의 틈새를 막는 일
어려운 일도 아니라고
불길 스쳐 지날 때
아픔이 도드라진 날 시퍼런 환부마다
사랑으로 붕대를 매듯이
꼭꼭 여며 풀어지지 않게 다독이면 된다고
굳은 딱지 떨어질 날
불 먹은 가슴으로
달을 먹고 한몸이 되어
수천의 날개로 떠받친 눈물 자국 지워내고 있다

마무리

한눈 안 팔고
꼿꼿하게 한 길을 간다는 것은
험한 풍랑 위를 위험스레 건너는 일이지만
살을 에이는 칼바람 속에서
한 켜씩 두른 나이테
발바닥 부르트게 밟아온 삶의 흐름 너머
하늘로 푸르게 푸르게 등 곧추세워
수많은 눈물과 아픔 이슬에 씻겨내고
기지개 켜듯
저 뿌리의 근원에 닿아
희망의 꽃불을 켜두고 싶다

5부

슬픈 무늬

내가 나를 사랑하나

한 뼘도 못 되는 삶을 다 산 것처럼
죽은 듯이 누워
어디를 떠돌다 지쳐버렸는지
흔들어도 알아채지 못한다
실바람 한 가닥에도 이리저리 날리는
깃털처럼 가볍게
한없이 우주공간을 넘나들고 있다
내가 나를 사랑하나
아픔이 남아있기 때문에
이리 살아있는 것이냐

언제부터 내 것이었다고

내 발이 낯설다
조각난 뼈는 붙었다는데
치료를 받고 침을 맞아도 내 것 같지 않다
한발에 붙이고 서면 따라 설 수는 있는데
힘을 줄 수가 없다
겨드랑이에 끼운 목발이 더 어색하고
짚던 손이 다친 발보다 더 아프다
내 몸만은 내 것인 줄 굳게 믿고 살았는데
몸인들 생각인들 내 맘대로 살았든가
사지 멀쩡해도 제구실 못하면
다 헛것인 것을
애달아 할 것도 분해 할 것도 없다
아차 하는 순간에도
내 것인 것 하나도 없었으니
온전히 나를 위한 휴식의 여유를 부려도 될지
서툰 남편의 시중이 몸에 맞지 않은 옷 같다

아픈 몸짓

부끄러운 손가락 내밀어
당신의 옷자락 끝이라도
닿아 보고픈 마음입니다
비가 오는 날이면
만물에 내리는 축복
해가 뜨면 온 누리에 번지는
내 몸에 푸른 잎
바람으로 노래하는 햇살 따라
무심하게 내려놓은 일상들마저
돌이켜보면
그 중심에 서 있던 당신이기에
아니 모르는 척했던 시간이 길어갈수록
더욱 그립게 달려온 눈물 젖은 길
아픔도 아프지 않게
꿈꾸다 놓쳐버린
당신의 발자국 좇아갑니다.

문병

눅눅한 공기에 눌린
여윈 손이 아프게 흔들린다

잠시 삶의 여백을 그려 넣기 위해
오늘은 무엇을 지워야 하느냐
분주한 세상 밖을 부러운 눈으로 바라보면서
떨리는 수액에 목이 잠긴다

해야 할 일 무겁게 짓누르는 병실에서
아무것도 할 수는 없지만
살아있어 아픔을 느끼는 것은 천만다행이라고

가슴에 불씨를 묻고 꺼지지 않게
조심조심 깨끼발로 버티다가
눈동자 멈칫거리며 고른 숨을 쉬어야지

육중한 병원 문을 나서는 순간
젖은 수건에 쌓인 강물이
한순간 갸우뚱 출렁인다

꿈만 같다

물에 잠긴 햇덩이를 쪼아 먹던 물새
심장 파닥이는 밤을 지나
어디론지 날아가 버리고
혀끝에 남은 짭짜름한 오늘이 주저앉아
젖무덤 사이 도드라진 덧난 상처를 싸매고 있다
시간의 명약을 아프게 문지르고
한 발짝 떼는 데 걸리는 시간
하루인지 천 년인지 눈을 떠보니 꿈만 같다

몸피를 벗다

잡을 수도 볼 수도 없는 것이
있어도 없는 것 같은 것이
몸을 입고 그리 무거웠든가

갈 곳 잃어 방황하다
철렁 내려앉기도 하다가
억수로 많은 날 헤이다
바장이며 추스르다
더러는 잊어먹기도 하다가
그린 듯 꽃으로 지는 향기

물기 걷어내고 몸피 벗은 마음이
비로소 빛을 찾아 날개를 편다면
몸을 헐어 허무가 되고
허무를 벗어 흙이 된다 해도
마음을 덜어낸
자유로운 몸짓에는 날개가 없다

못 견디게 아파서

다리 한 짝 잘려나간 그는
사정없이 잘려나간 다리가
못 견디게 아파서
에이는 숨소리 꺾어가며 운다
외발로 서는 세상이 험해서보다
붉은 피 철철 흘리던
아픔만 살아남은 몸부림이다
지워지지 않는 골수에 갇혀 있다
끝내 터뜨리는 열꽃처럼
무정하게 피어난 원망의 채찍이다

해안

바다를 깊게 끌어당긴 해안이
바다를 놓쳐버렸다
기다렸다는 듯이
사람들 우우 몰려들어
심장까지 헤집고 뒤져내어
삶의 뿌리를 캐내어 갔다
해를 깔고 널브러진 채
까맣게 타들어 가는 맨몸
간신히 가쁜 숨 몰아쉬어 가며
바다 한 자락 온몸으로 끌어 덮고 누웠다
가슴 속 지친 상처의 검은 자국
바다가 조심스럽게
찰랑찰랑 아픔을 지워가기 시작했다

슬픈 무늬 1

애초에 나에게 없는 돈이
그 집에 쌓여있었던 게 문제가 아니라
쌀 한 가마 꾸면 두 가마 갚아야 하는 곱장리 이자보다
젊음을 담보로 빌리고자 했던 생각이
더 무모하다는 데에 있었다
돈 벌면 갚겠다는 막연한 약속은
허세에 지나지 않았고
구멍 난 주머니에 쑤셔 넣은 빈주먹이
눈물범벅이 되어도
지전 한입 빌릴 수 없었던 밤은 길기만 해
머리맡의 어머니는 밤새 부처로 앉아
곱은 손 호호 불며
서릿발 같은 냉기 막을 헌 옷을
누덕누덕 깁고 또 깁고
흐느적흐느적 봄을 그렸다

슬픈 무늬 2

부도 맞아 길거리에 나앉은 식구들
당장 끼니 걱정보다
대학 합격한 큰 자식 등록금이 걱정이라
자존심 벗어던지고
부끄러운 손을 내밀어도 보았고
주눅 들어 살 세월 안쓰러워
그동안 호강했었나보다고
자식들 미안해 울고 울어서
눈물이란 눈물은 다 말라도 버렸는데
지금 생각해보면 그것도 사치더라고
고사리 같은 자식들 키울 때
죽을지 살지 모르고 악착 떨며 살았어도
몸뚱이 아픈 생각 감히 생각도 못 해보고
어떻게 살아왔는지 기억도 안 나는데
저 혼자 살겠다고 도망간 아비 걱정
살 만할 때 왜 하는지 몰라

슬픈 무늬 3

이 땅에서는
거룩하신 하나님의 말씀보다
돈의 위력이 더 커서
그 어떤 권력도 그 앞에 머리 숙여
무릎을 꿇는다

어떻게 무엇이 되어 살아도
돈을 움켜쥘 수만 있다면
양심도 사랑도 눈 하나 끔쩍하지 않고
팔아넘길 수 있어

이 땅에서의 품위는
오직 돈이 길이 되고 진리인 시대
혼자만 잘 먹고 잘살아도 죄가 되지 않는 세상

오늘도 눈물겹게 이름 없이 빛도 없이
제 꼬리 잘라 서로 나누어 먹으며
갈퀴같이 굽은 손 눈물로 닦아
나름의 행복을 그려내는 무늬 속엔
하나님의 긍휼히 섞여 있음을

슬픈 무늬 4

넘침은 부족한 것만 못하고
가짐이 전부가 아니라는 것
살다 보면 절로 알아지지 않든가
내 것도 본시 누구 것도 아니라는 것

몇백 년 족히 되는 느티나무 밑둥치에 앉아도
억 만년 살아온 바위에 기대어 서 봐도
잠시 스친 그림자일 뿐

없음이 있음보다 많이 불편하다 해서
손바닥 움켜쥐고
허리띠 졸라매던 젊은 시절
자식 호호 불며 키우던 시절도
한순간에 지나고 보니
내 것도 내 것이 아니었네

얻는 것도 힘들고
빼앗기는 것은 더더욱 힘이 들고
이젠 쥐었던 손을 펼 일만 남았으니

세상에 날리는 먼지처럼
이것 또한 한바탕 꿈속 아닌가?

슬픈 무늬 5

야, 이놈아!
돈 좇아가지 말고
돈이 좇아오게 만들어야 한댔지
모름지기 경제전문가라면
돈이 몰려다니는 곳에 미끼를 던져놓고
조용히 투망 던질 준비만 단단히 하고 있다가
절체절명의 순간에 낚기만 하면 되는 거고만
그까짓 때 하나 딱딱 못 맞추느냐
돈 버는 것도 급수가 있느니
상투 잡으려다 고꾸라지면
기도발도 다 놓치는 수가 있으니께
엔간할 때 잡아채야 내 것이 되는 거여
쓸데없이 놀고먹으면서
남 등칠 생각일랑 말고
머리 좀 쓰며 살아, 이놈아!

상처의 아픔을 극복하는 아름다운 몸짓

호 병 탁(문학평론가)

1.

모든 문학작품은 역사적 일회성을 가지는 문화적 사건이다. 그것은 인간에 의해, 인간에 관해, 인간을 위해 의지적으로 조성된 사건이다. 이런 문학작품의 명백한 원인은 바로 그것을 창조한 작가임이 틀림없고 따라서 작가의 성격과 의도를 파악하는 일은 작품해석에 빛을 던져주는 중요한 단초가 될 수 있음도 틀림없는 사실이다. 열매를 보고 그 나무를 알 수 있는 것이다. 작가는 작품이라는 현상의 원인이 된다는 과학적 인과율은 아직도 유효하다.

이 글을 쓰며 나는 시인 이경아에 대해 너무 모르고 있다는 생각이 갑자기 들었다. 더구나 전자 우편으로 받은 원고에는 대개 서두에 있기 마련인 '작가의 말'이나 짤막한 '이력'도 언급되지 않아 시인의 공생애는 물론 숨겨진 창작 의도를 가늠할 길이 없었다. 그러나 원고 맨 앞에

기재된 '다섯 번째 시집' 『겨울 숲에 들다』라는 제호에서 시인이 그동안 치열하게 시 창작에 몰두해 왔음이 한눈에 파악되었고 근간의 심정도 어렴풋이 다가옴을 느낄 수 있었다. 시집을 다섯 번 묶는다는 게 ―더 많이 써 제키는 시인도 있기는 하지만― 쉬운 일이 아니다. 그 많은 시편들을 추리고 추려내어 엮어간 시집일 터이니 그 치열함이 뜨겁다. 봄, 여름, 가을 아름다운 계절을 제치고 앙상한 나뭇가지가 찬바람에 흔들리는 '겨울'의 숲에 든다는 말도 시인이 피력하는 의미심장한 대목이 아닐 수 없다.

이경아 시인과는 문인들의 모임에서 가끔 만나 반갑게 인사하고 안부를 나누었다. 늘 웃음 띤 단아한 얼굴이었다. 훤칠하고 날씬한 체격으로 바지가 참 잘 어울린다고 만날 때마다 아부(?)성 발언을 건넸지만, 사실 이는 모든 문인이 동의하는 바다. 시편들을 읽어가며 시인의 모습이 자꾸 어른거렸다. 과잉된 감정과 현란한 수사의 철저한 절제로 시는 흩어지지 않는 단아함과 군살 없는 훤칠함이 있었다.

시인에 대해 너무 모른다고 운을 뗐지만 실상 시인의 공생애라는 것은 큰 구경거리가 되지 않는다. 시인의 일상도 자잘한 삶을 영위하는 보통사람과 진배없다. 오히려 우리는 책상 앞에 외로이 앉아 작품을 깎고 있는 시인의 끝없는 상상력과 창조적 에너지를 작품을 통해 살펴 보아야 한다. 작품 속의 언어조직, 이미지, 상징, 톤 등을 분석함으로 작가의 정신세계에 접근하여야 한다. 시인은 여러 사람의 마스크와 목소리를 갖고 있다. 그들은 교묘하게 −거의 무의식적이지만− 언어의 장막 뒤에 숨어있다. 그러나 다양한 얼굴과 목소리는 결국 모두 동일한 자아의 소산인 것이며 한 사람의 인물에서 비롯되는 것이다. 따라서 한 인물의 문학을 이해하고 즐기기 위해서는 작품 자체보다 가치 있고 권위 있는 것은 없다.

2.

시집을 펴면 '서시'처럼 첫 번째 등장하는 시가 「나의 길을 묻는다」인데 시집 1부의 제목이기도 한 시제 자체가 당차고 결기에 차있다.

> 마음이 고파 허리 휘어질 때
> 가을비처럼 내 삶은 온통 젖어
> 빈 몸으로 흘러내리고
> 엎드려 쓸고 온 뒤틀린 세상
> 언 몸 껴안아줄 이 어디에도 없다
> 나도 누구에겐가 따뜻함으로 감싸줄 수 있었던가
> 흰 눈처럼 티 하나라도 덮어줄 수 있었던가
> 먼 길 돌아 여기까지 바람에 휩쓸려
> 하늘도 땅도 한통속이 되어
> 희뿌옇게 흐린 날

눈뜨고 찾아봐도 찾을 수 없다
기억으로 가는 길도
추억을 만들어 가는 길도
도무지 희미하여 알 수 없을 때
한 번쯤은 조용히 눈을 감고 찾는다
등대처럼 불을 밝혀 어둠을 감싸기까지
　　　　　　　　　　　　—「나의 길을 묻는다」 전문

　인용된 시는 어떤 사물이나 대상을 그리지 않고 자신의 내면만을 깊이 응시하고 있는 글이다. '가을비'가 있고 '흰 눈'이 있고 '등대'가 등장하지만, 그것들은 직접적인 시적 대상도 아니고 시인의 정서를 표출하기 위해 견인된 객관적 상관물도 아니다. 그것들은 단 세 번의 직유로 작동하며 시를 세 단락으로 나누는 역할을 수행할 뿐이다. 물론 인용된 시는 연 가름이 없다. 그러나 세 개의 직유와 함께 시는 크게 세 부분으로 구분되어 화자 자아의 내면을 성찰하고 있다.

　우선 시적 자아는 현재 자신의 실존적 위치를 확인하고 있다. 화자는 이제까지 "뒤틀린 세상"을 "엎드려 쓸고"왔다. 엎드려 '기어' 온 것도 아니다. '쓸고'라는 동사가 시선을 흡입한다. 이 말은 세상을 몸으로 직접 부대끼며 살아왔다는 말이다. 그러나 지금의 삶도 평화의 안온함과는 거리가 멀다. 차디찬 "가을비"에 젖어 "언 몸"이 되어있지만, 세상에는 따뜻하게 "껴안아줄 이"가 아직

"어디에도 없다" 고적함이 짙게 밴 현실의 존재위치 확인은 처절할 정도다.

다음 단락에서 화자는 스스로 묻고 있다. 과연 자신은 누군가를 "따뜻함으로 감싸줄 수" 있었는지 "흰 눈처럼 티 하나라도 덮어줄 수" 있었는지 자신에게 질문을 던지며 뼈아픈 자기성찰을 토로한다. 남들을 '감싸주지도', 남들의 티도 '덮어주지' 못했다. 그런 일은 "눈뜨고 찾아봐도 찾을 수 없다" 그저 지금까지 "먼 길 돌아" "바람에 휩쓸려"왔을 뿐이다. 뒤돌아보면 지금까지 걸어온 길이 화자에게 "하늘도 땅도 한통속이 되어/ 희뿌옇게 흐린 날"로 보일 뿐이다. 자기반성의 사유가 통렬하다. 그러나 우리는 시인의 더할 수 없는 겸양의 모습을 동시에 보게 된다.

마지막 단락에서 화자는 그가 지향해야 할 방향을 모색한다. '기억'도 '추억'도 과거의 어떤 정황으로 인해 발생하는 것이다. 그 과거로 "가는 길"도 "만들어 가는 일"도 이제는 "희미하여 알 수 없을 때"인 것 같다. 화자는 "조용히 눈을 감고" 과거가 아닌 미래의 길을 "찾"고자 사유한다. "등대처럼 불을 밝혀" "어둠을 감"쌀 수 있는 길을.

시인은 「나의 길을 묻는다」라는 시 제목 그대로 자신이 왔던 길과 가야 할 길을 묻고 있다. 그리고 치열한 사유와 성찰을 통해 스스로 그 해답을 도출해낸다. '이기'에서 벗어나 '이타'로 가는 그 길은 우리가 가야 할 길이기도 하다. 그렇다고 해서 시인이 도덕·윤리적인 발화로 독자를 주눅 들게 하는 법은 없다. 인용시에는 우리가 머리를 짚게 만드는 추상어나 관념어도 발견되지 않는다. 어떤 포즈도 없다. 누구나 공감할 수 있는 친숙한 언어로 −지극한 겸양의 모습을 보이며− 자신과 우리 모두에게 그 길을 서늘한 손길로 가리키고 있을 뿐이다.

3.

일상적 질서를 탈피하고 새로운 시적 체험을 얻기 위한 수단으로 낯선 세계로의 떠남을 선택하고 바다를 건너는 시인들을 자주 목도한다. 그들은 언어와 풍광이 다른 이국정서에 압도되어 새로운 깨달음을 얻은 것처럼 비슷한 시편들을 양산한다. 그러나 이런 시적 발화는 새로운 체험과 가치를 도입하는 행위와는 거리가 멀다. 이곳저곳 구경하고 사진 찍고 호텔에 돌아오는 순간 −원주민과 같이 먹고 자고 손짓 발짓 소통하지 않는 이상− 그런 여행은 우리 일상과 별로 다를 게 없다. 표피적인 비일상화가 아니라 지금 멀지 않은 가까운 곳, 즉 이경아가 찾는 '겨울 숲' 같은 곳에서 다른 가치와 다른 시간은 얼마든지 추구될 수 있고 이것이야말로 진정한 시적 체험의 새로움이 될 것이다.

내소사 허리춤을 잡고 청련암 오르는 길

헐거워진 외투 자락 펄럭이는 바람 사이로
천만 개의 문을 닫는 겨울 숲에 들다
몇 가닥 남은 빛이 틈새를 여미는 중
발목을 덮고 누운 낙엽들이
물소리에 언뜻 잠이 들고
이따금 뿌리째 젖은 발이 시린지
돌아눕는 소리 들린다
따뜻한 꿈을 펼쳤던 삶이 휘청거려
새 한 마리 빈 가지를 흔드는 겨울 숲에 들다
숲은 온몸을 흔들어 깨어 있고 싶어
따끔거리는 살갗에 꽃눈을 여미고 있다
　　　　　　　　　　　—「겨울 숲에 들다」 전문

「겨울 숲에 들다」는 시집의 표제작이다. 시인이 그만큼 의미가치를 크게 부여하고 있는 시가 될 터이고 따라서 꼼꼼한 독서가 필요한 시이기도 하다.

　다른 계절에 비해 겨울 숲을 찾는 사람은 상대적으로 적다. 시인은 "내소사 허리춤을 잡고" 사람 없는 겨울 산길을 오르고 있다. '허리춤을 잡고'라는 신선한 표현에 눈길이 간다. 이 길이 쉬운 길이 아님은 쉽게 느껴진다. 우리의 삶이라는 게 밝고 즐거운 날은 적고 외롭고 괴로운 날은 많다. 사랑의 환희도 언젠가는 이별의 아픔으로 변한다. 하기야 산다는 것 자체도 결국은 죽음으로 귀착되는 것이 아닌가. 산허리를 붙잡고 오르는 길은 "헐거워진 외투 자락"에 바람이 펄럭이며 부는 것처럼 고달픈

길이다. 그리고 화자는 "천만 개의 문"이 닫히는 "겨울 숲"에 들어서게 된다. 여기서 "천만 개의 문"이라는 의외의 시어가 우리의 시선을 붙잡는다.

겨울나무는 혹한을 견디기 위해 스스로 모든 잎을 떨군다. 햇볕이 있으나 마나 한 겨울에는 광합성을 제대로할 수 없고 스스로 공급하지 못하는 영양분을 뿌리에서 잎까지 보낼 필요가 없음을 나무들은 잘 알고 있다. 그것은 이듬해 봄의 새싹을 틔우기 위해 아껴둬야 하는 것이다. 따라서 숲은 앙상한 가지만 남겨두고 하늘 향해열렸던 '천만 개'의 모든 '문'을 닫아버린다. 천만의 잎은낙엽이 되어 뿌리의 이불이 되고 거름이 되면서 말없이썩어가게 된다. 우리가 겨울옷을 여미듯 겨울나무는 껍질로 자신을 단단히 감싸고 완강하게 문을 닫아 버리는것이다.

시인은 이어 겨울 숲의 풍경을 서정적으로 아름답게노래한다. "몇 가닥 남은" 햇빛이 나무들의 "틈새를 여미"고 있다. 바로 '있으나 마나 한 겨울햇볕'에 다름 아니다. "발목을 덮고 누운 낙엽들"은 뿌리의 이불이 되고 거름이 되는 바로 '문을 닫고' 스스로 떨군 그 천만 개의 잔해들이다. 외로운 풍경 속에 그래도 얼음장 아래 물소리가 들려온다. 낙엽은 "물소리에 언뜻 잠이 들고" 가끔 서걱거리며 "돌아눕는 소리"도 내고 있다. 차고 맑고 고적한 겨울 산의 풍경이 선연하다.

이 시는 '겨울 숲에 들다'라는 같은 시행을 두 차례 병치시킴으로 의미의 흐름을 새로운 방향으로 전환한다. 즉 첫 번째는 '천만 개의 문을 닫는' 겨울 숲이지만 두 번째는 '새 한 마리 빈 가지를 흔드는' 겨울 숲이다. 같은 겨울 숲에 들지만, 앞에 오는 수식어에 의해 의미의 물꼬는 방향을 틀게 된다. 병치의 첫 번째 시행은 청련암에 힘들게 오르는 길과 낙엽 진 숲의 황량한 풍광을 묘사함으로 현실적인 괴로움과 거기에 존재할 수밖에 없는 운명적 상황을 은유하는 매개체로 작용하고 있다. 위의 해석은 바로 첫 번째 병치된 시행의 전후 상황을 설명하고 그 의미를 분석하고 있음에 불과하다.

그러나 두 번째 병치되는 시행은 그런 현실적 괴로움에서 벗어나고자 하는, 작지만 적극적인 화자의 의지를 보여주는 매개체가 된다. 희망과 믿음이 부서져 버린 한 개인의 허망한 내면에 새롭게 발아하는 작은 새싹으로 은유되고 있는 것이다. 시인은 동일한 통사구조의 언어 형식을 반복함으로 독자들이 병치되고 있는 상황과 의미를 함께 고민하도록 유도하고 있다.

흔히 우리는 은유를 고립된 낱말의 층위에서 파악한다. 물론 은유는 어휘의 '유사에 의한 전의轉義 비유'로 정의된다. 그러나 지금은 한 단어가 아닌 문장의 의미처럼 언술 단위로 은유를 파악하는 것이 대세이며 필자도 이에 동의한다. 인용시에는 '상처', '아픔', '고통', '괴로움' 같은 언어는 전혀 보이지 않는다. 그러나 언술의 층위에서 볼 때 '겨울 숲에 들다'는 바로 이런 어휘가 복합

된 삶의 신산함을 전체적으로 은유하고 있다. 이 시에는 그 흔한 직유 하나도 없다. 그러면서도 시 전체가 은유적 언술로 짜여있는 대표적인 본보기가 되고 있는 것이다.

이제 두 번째 병치 되는 시행이 매개하는 희망에 대한 의지적 은유, 즉 현실적 고통에서 벗어나고자 하는 '의지의 싹'이 담긴 은유를 들여다보자.

4.

앞서 말한 대로 겨울 숲은 고적하고 차다. 이 고요한 겨울 숲에 "새 한 마리"가 날아들어 "빈가지"를 흔든다. 두 마리도 아니고 단 한 마리다. 이 새는 누구인가. 바로 산 허리춤을 붙잡고 올라와 '겨울 숲에 든' 시적 화자다. 지금까지 시는 주로 겨울풍경을 사생하고 있었지만 이제 화자가 전면에 나서 발화하기 시작한다. 그는 자신이 "따뜻한 꿈을 펼쳤던" 사람이었지만 그 "삶이 휘청거려" "새 한 마리"처럼 이곳에 와 "빈 가지를 흔"들고 있다고 진술한다. 왜 "따뜻한 꿈"을 꾸었지만, 그의 삶은 휘청거려야 했고 겨울 숲에 '한 마리 새'로 외롭게 날아들어야 했는가.

시인의 심사가 어른거리기 시작한다.

앞의 시 「나의 길을 묻는다」에서 화자는 이제까지 "뒤틀린 세상"을 "엎드려 쓸고"왔고 지금도 "가을비"에 "젖어"있지만 안아줄 이는 "어디에도 없다"고 토로한다. 이는 신산한 삶을 부대끼며 살아왔다는 것과 지금의 삶도 외롭고 고달프다는 것을 의미한다. 바로 위의 꿈이 있었지만 삶은 휘청거렸고 지금은 한 마리 새로 겨울 숲에 날아와 있다는 것과 정확히 일치한다. 뒤틀린 세상에서 인간은 휘청댈 것이고, 한 마리 새는 외로울 수밖에 없다.

여기서 작가는 작품이라는 현상의 원인이 된다는 인과율을 상기할 필요가 있다. 특히 작가의 체험과 그에서 비롯된 문학적 상상력은 문학에 있어 대단히 중요한 위치를 차지함은 주지하는 사실이다. 한 개인사에 점철된 일련의 고통스러운 사건들은 지워질 수 없는 상처로 각인되고 그러한 체험은 작가의 문학적 주제와 밀접하게 연관될 수밖에 없는 것이다.

나는 앞에서 시인 이경아에 대해 잘 모른다고 했다. 맞다. 그녀의 출생, 학업, 직업, 가족관계 등 아는 것이 별로 없다. 어쩌다 만나면 반갑게 인사하는 사이일 뿐이다. 그러나 최근 시인이 거주하는 지역의 문인으로부터 깜짝 놀랄 소식 하나를 접했다. 시인이 엄청나게 아파서 병원에 한참 동안 있었다는 소식이었다. 그래서 오래 못보았던 모양이다. 당하지 않는 사람에게 세월은 잘도 간다. 그러나 당사자에게 있어 그 고통은 말할 수 없이 컸을 터이다.

"상처 없는 영혼이 어디 있으랴"라는 랭보의 유명한 시구는 우리 삶이 근원적으로 고통의 과정임에 다름없다는 것을 증언하는 말로 누구나 그것이 주는 아픔과 어렵게 대결하며 삶을 영위하고 있다. 그러나 시인은 다른 사람과는 달리 그 고통의 상처를 창작의 원천으로 삼고 예술적 형상화를 모색한다. 이경아의 경우도 마찬가지다. 무자비하게 찾아와 그녀를 괴롭힌 병마는 일종의 트라우마로 몸에 간직되었을 것이다. 시인은 자신을 아프게 한 통점의 주소를 정확히 파악하고 그것을 직시한다. 시인이 겪어야 했던 이런 외적 충격은 심리적 내적 파동과 만나 예술적 형식으로 불이 붙어 승화된다. 그리하여 "새 한 마리"되어 겨울 숲의 "빈가지"를 흔든다는 아름다운 서정의 노래가 불리게 되는 것이다.

그러나 겪어온 상처를 심미적으로 재구성하고 그것을 확인하는 것으로 끝나는 것이 아니다. 예술창작과정에서 고통의 재현은 놀라운 치유과정으로 연결되고 그것은 강한 생명의 긍정으로 뻗어 간다.

숲은 온몸을 흔들어 깨어 있고 싶어/ 따끔거리는 살갗에 꽃눈을 여미고 있다

마지막 두 행은 이 시의 백미다. 고요한 겨울 숲은 "온몸을 흔들어" 깨어나 수런거리고 싶다. 나무들은 생명의 봄을 맞이할 준비를 하는 것이다. 움츠렸던 생명을 다시 소생시키기 위해서는 엄청난 에너지가 필요하다. 바로 봄을 위한 힘을 비축하기 위해 태양을 향해 열었던 천만의 문을 모두 닫지 않았던가. 이제 잎사귀를 떨구기 위

해 닫혔던 펌프는 다시 열리고 움직임을 시작한다. 봄을 위해 힘들게 자양을 아래로부터 펌프질하는 나무는 살갗이 따끔거릴 정도다. 그 "따끔거리는 살갗"에는 놀랍게도 봄의 "꽃눈"이 여며져 있다. 나무껍질이 따가운 것은 꽃눈이 이미 여며져 있기 때문인지, 아니면 여며진 꽃눈을 피우기 위해서인지는 상관없다. 두 가지 다다. 존재하는 꽃눈을 지키기 위해, 그 꽃눈을 꽃으로 만들기 위해 펌프질할 뿐이다. 나무들은 생명의 힘을 후대에 전하여야 하고 그래서 자신을 꽃피워야 한다. 그리고 많은 새가 깃들이는 우거진 숲이 되어야 한다. 바로 그것을 가능케 하는 '꽃눈'이 겨울 숲의 나무 등걸을 따끔거리게 하며 여며져 있는 것이다. 시는 자칫 감성적으로 빠질 뻔했다. 그러나 시의 마지막 두 행은 몸을 흔들어 생명력을 분출하는 숲처럼 감각적으로 수런대고 있다.

5.

'겨울 숲' 외에도 이경아의 시에는 수많은 겨울을 나타내는 시어들과 겨울을 지시하는 이미지들이 산견된다. '얼어 터진 분', '눈바람 살얼음'(「설도화」), '칼바람', '빙벽'(「마른 눈물」), '겨울하늘', '무채색 풍경'(「겨울 하늘」), '눈발', '12월 날들'(「둥지」), '외투 깃', '얼었던 가슴'(「봄」) 등 시집의 앞부분(1부)만 보아도 이런 시어가 수두룩하다. 아예 시제가 「그 겨울 이야기」로 된 것도 있고 이 시에도 '한 뼘의 해 그림자', '그 겨울 한파' 등 겨울과 관련된 시어가 나타난다.

겨울은 나뭇잎 떨어진 산도 가을걷이 끝난 들도 '무채색 풍경'으로 황량하기만 한 계절이다. '한 뼘의 해 그림자'가 짧고 '칼바람'마저 차게 부는 한파의 계절이다.

'싶다'는 희망을 피력하는 말이지 아직 이루어진 것은 아니다. 봄이 오지 않은 이경아의 숲은 몸을 흔들어 깨어나고 '싶지'만 아직은 "젖은 발이 시린" 겨울 숲이다. 그만큼 시인이 체험한 상처의 아픔이 몸에 선연하게 간직되어 있다는 말이다. 겨울의 이미지가 여러 시편에 짙게 깔리는 것은 그런 심리적 외상에서 비롯되었을 것이다.

나는 앞에서 왜 시적 화자의 삶이 휘청거려야 했고 외로운 '한 마리 새'로 겨울 숲에 날아들어야 했는가 묻고 그 이유를 화자의 고통스러운 체험과 그것이 야기한 아픈 상처에서 찾고자 하였다. 그러한 구체적인 예는 독서를 진행하며 시집 전체에 흩어져 여기저기 박혀 있음을 알게 된다.

> 한 뼘도 못 되는 삶을 다 산 것처럼
> 죽은 듯이 누워
> 어디를 떠돌다 지쳐버렸는지
> 흔들어도 알아채지 못한다
> 실바람 한 가닥에도 이리저리 날리는
> 깃털처럼 가볍게

한없이 우주공간을 넘나들고 있다
내가 나를 사랑하나
아픔이 남아있기 때문에
이리 살아있는 것이냐

—「내가 나를 사랑하나」 전문

고통의 미메시스가 절절하게 예술창작으로 녹아들어
간 작품이다. 병상에 누운 화자는 "어디를 떠돌다 지쳐
버렸는지" 사람들이 "흔들어도 알아채지 못한다" 그리고
그의 영혼은 "깃털처럼 가볍게" 바람 한 점에도 한없는
"우주공간을 넘나"든다. "내가 나를 사랑"하는지조차도
모르겠다. 그러나 아픔은 남아있다. 시인은 여기서 강력
한 자신의 실존 형식에 대해 역설적 의문을 제기한다.
아픔은 괴로움이다. 누구나 그 괴로움의 부재를 위해 산
다. 그러나 화자는 바로 그 괴로운 아픔을 느끼기 때문
에 "살아있는 것"이냐고 묻는다. 시의 마지막 역설은 독
자를 긴장하게 한다.

이런 통찰은 "해야 할 일 무겁게 짓누르는 병실에서/
아무것도 할 수는 없지만/ 살아있어 아픔을 느끼는 것은
천만다행"(「문병」)과 같은 사유로 반복되어 나타난다. 나
가서 할 일은 천만 가지다, 그러나 "한 발짝 떼는 데 걸
리는 시간아 천 년"(「꿈만 같다」)같은 병실에서 할 수 있
는 것은 "아무것도" 없다. 화자의 답답한 심경이 여실하
다. 그럼에도 병상의 아픔을 느낀다는 것은 살아있기

때문에 가능한 것이다. 아픔조차 느끼지 못한다면 그것은 바로 죽음을 의미한다. 아픔을 느끼기 때문에 살아있는 것이고 느끼지 못하면 죽는 것이다. 그러나 아픔을 피하려는 본능으로 인간은 또한 살아가고 있다. 철학적 사유다.

6.

미학적 측면에서든 인식론적 측면에서든 문학은 철학과 불가분의 관계를 맺는다. 특히 존재론적, 현상학적으로 작품의 내적 접근을 시도할 때 이미 철학은 밀착되어 있게 마련이다. 이 경우 작품은 곧 '체험'이다. 여기서 체험이란 텍스트 속에 언어로 표현된 작가의 체험이기도 하지만 독자의 문학적 체험, 즉 작품세계를 독자의 현실로 '다시 살게' 하는 체험이기도 하다. 독자는 작품을 '구체화'한다. 작가의 언어는 무엇인가 의도된 것이고 무엇인가에 대한 의미다. 독서를 하며 우리는 늘 그 의도, 즉 내재적 의미를 밝히려 한다. 그러나 작가에 의해 묘사된 일련의 시적 양상들은 늘 불완전한 여백을 남기게 된다. 이 여백을 메꾸는 독자의 해석적 참여가 '구체화'하는데, 이것이 바로 작가의 체험을 현실로 '다시 사는' 독자의 문학적 체험이 될 수 있을 것이다. 앞에서 시 3편을 읽었지만 실상 이는 작품의 해석·분석이라기보다 작품을 구체화한 것이라 해도 타당하다. 그리고 이 구체화 과정에서 우리는 작가의 철학적 사유에 대해서도 함께 사유하게 되는 것이다.

> 바람은 파도의 머리채를 움켜쥐고
> 패대기치듯 자꾸만 뒤흔들었다
> 새파랗게 자지러지는
> 물의 등뼈를 타고 넘는 어지러운 포말이
> 가슴을 헤집고 바늘을 쑤셔 넣듯 아팠다
>
> —「연화도에서」부분

시각적 심상이 눈부시다.(개인적으로 나는 이번 시집의 가장 아름다운 시구로 이 구절을 친다.) 연화도 가는 바닷길에서 뱃전에 부서지는 포말을 묘사한 구절로 철저히 의인화된 사물의 구체적인 연속 동작이 빠르게 진행되며 팽팽한 긴장을 야기한다. 생생하고 박력 있는 묘사다. 그러나 "움켜쥐고" "패대기치"고 "뒤흔들"고 "자지러지는" 속도감 있는 동사들의 연속은 화자의 화평과는 거리가 멀다. 파도가 만들어내는 그 거침없는 아름다운 풍경은 실상 화자의 마음에 "가슴을 헤집고 바늘을 쑤셔 넣듯" 아프게 다가오는 풍경이었다.

그러나 시의 후반부에서 같은 바람을 맞으며 "펄럭이는 연화도는" 나뭇가지에 걸린 "쪽빛 바다를 붙들고" "묵언수행 중이다" 그것도 "눈을 반쯤"만 뜨고서. 같은 해풍에 하나는 바늘이 쑤셔 드는 아픔을 느끼지만 하나는 묵

묵히 묵언수행만을 하고 있다. 이 두 가지 다른 정황에서 작가의 강한 철학적 사유가 배태된다. 묵언수행은 입을 다물고 조용히 수행을 하는 것이다. 말만 하지 않는 것이 아니라 꼬리를 무는 온갖 망상까지도 끊어내는 것이다. 시인은 상처의 아픔에 "자지러지는" 게 아니라 오히려 그것과 친화하고 그것을 치유하고 극복하려는 몸짓을 보이는 것이다.

우리는 작품을 '구체화'하며 시인의 의식을 지각하고 공유하게 된다. 시인은 우리에게 자신을 순정하게 열어보이고 자신이 사유한 것을 우리가 사유하게 허락한다. 그리고 우리는 이경아의 철학적 사유에 동의한다. 이것이 바로 우리가 아픔의 존재론적 고통을 문학작품을 통해 작가와 함께 치유·극복하는 의식의 공유가 아니고 무엇이겠는가.

7.

시인은 이제 엄숙한 제의와도 같은 정결하고 고운 정경을 보여주게 된다. 마침내 "눈바람 살얼음 속 길에서/스스로 풀어낸 화해의 응어리"(「설도화」)로 상처를 치유·극복한 사람만이 보여줄 수 있는 맑고 깨끗한 정경이다. 햇볕 좋은 청명한 가을 같은 정경이다.

선선한 가을 햇볕 짱짱한 날이면

정갈한 물 한 모금 문에 뿌리고
누렇게 찌든 옷을 벗겨 내고 닦아
정성으로 창호지를 입혔다
손바닥만 한 유리로 바라보는 풍경 오려 붙이고
꽃과 잎을 얹어 꿈도 심었다
넓고 너른 천지에서 막아내지 못할 찬바람
달래고 재울 문풍지도 발라
한겨울 긴긴 밤
찬바람이 떨어대는 노래를 들으며
잠이 들곤 했다

— 「가을 햇볕 짱짱한 날」 부분

  맑은 어느 가을날 창호지를 새로 바르는 정경이 그림
처럼 곱다. 특히 "손바닥만 한 유리로 바라보는 풍경"을
오려 붙이고 "꽃과 잎을 얹어 꿈도 심었다"는 구절은 그
심미적 성취도가 뛰어나다. 지금 젊은이들은 잘 모르겠
지만 팔구십 년대만 해도 실제로 조그만 유리를 대고 꽃
과 잎을 얹어 창호지를 발랐다. 이런 창호지를 바른 문
은 "찬바람 달래고" "환한 빛" "은은하게 번져"오게 했
다. 안온한 평화가 있는 이런 꿈같은 정경은 자신과의
험난한 싸움과 그에 따른 처절한 고독을 견뎌 낸 과정을
거친 후에야 그려낼 수 있는 정경일 터이다.
  시인은 「겨울 숲에 들다」에서 자신이 "따뜻한 꿈을 펼
쳤던" 사람이었다고 말한다. 사실 그녀는 악착같이 험하
게 산 사람이 아니다. "어느 것이 이익인지 저울질하지

도" 않았고 "있으면 있는 대로 없으면 없는 대로" 소박하
게 산 사람이다. 그리하여 "밤이면 편안히 다리 뻗고" 누
울 수 있던 사람이었다.(「있는 그대로」) 그럼에도 불구하
고 시인의 삶은 '휘청'거렸다. 물에 젖어 시린 발을 견뎌
야 했고 겨울 숲의 한 마리 새로 외로워야 했다.

　시인은 서늘한 손을 내밀어 '휘청대는 삶'과 악수하였
다. '눈바람 속의 응어리'를 스스로 화해의 손길로 풀어
버렸다. 그 어려웠던 과정은 독자의 의식과 함께 숨 쉬
는 아름다운 서정시로 노래 불려졌다. 그 서정적 시편들
은 언제나 필연적 관계로 인간의 상처와 그가 창조하는
예술이 만나 빚어지는 시편들이 아닐 수 없다.

　나는 시인이 볕 좋은 가을날 창호지를 붙이는 안온한
평화 속에 거하며 계속 맑은 물방울 같은 시를 깎기를
기원한다. 우리의 삶은 혼탁한 물결에 따라 유영하는 안
쓰러운 물고기와도 같다. 그것들의 아가미와 지느러미
는 늘 깨끗하고 싱그러운 물방울을 필요로 한다.